94133

LES HÉROS

DE L'ÉMIGRATION,

OU

L'ÉLOGE DE LA BESACE.

Exiguum, sed plus quam nihil illud erit.

OVID.

A PARIS,

Chez Surosne, Libraire, Palais du Tribunat, deuxième galerie, N°. 253.

An X^e.

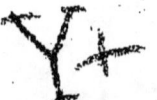

LES
HÉROS DE L'ÉMIGRATION,
OU
L'ÉLOGE DE LA BESACE.

O mes amis et mes concitoyens,
Mes compagnons d'exil et d'infortune,
Vous les Dindons de la cause commune;
O vous des Rois victimes et soutiens,
Assez long-tems la plaintive Élégie,
La larme à l'œil à chanté vos malheurs,
Assez long-tems d'un ton de Jérémie,
J'ai lamenté vos maux et mes douleurs :
J'ai trop connu par mon expérience,
Du sombre ennui les fruits pernicieux,
De ce démon j'abjure la puissance,
Et de tant pis je m'appele tant mieux :
Je sais trop bien que la mélancolie
Est une laide et cruelle harpie,
Sœur d'*Alecton*, fille de la folie;
Du pot au noir Dieu vous préserve amis,
J'en ai long-tems barbouillé mes esprits;

A 2

De mon cerveau, noir séjour de ténébres,
J'ai déniché tous les oiseaux funèbres;
Je livre aux vents les soucis odieux,
Le lendemain je l'abandonne aux cieux.
Ah! si ma plume innocente, égrillarde,
De la gaieté *Champenoise* et *Picarde*;
Pouvoit encore ralumer les rayons;
Si je pouvois éclaircir quelques fronts,
Et dérider une figure hagarde,
De la douleur dissipant les poisons;
Si je pouvois, comme le fameux chantre,
Faire dormir ce *Cerbère* en son antre,
Je me croirais un mortel important :
J'entends crier à bas le charlatan,
Qui ne croit point au remède qu'il vante ;
Traitez-moi donc, *Messieurs* de *Sycophante*,
Mais achetez de mon orviétan,
Je suis garant que c'est drogue innocente.

ACCOUREZ-DONC, venez des quatre vents
Poules de *Caux*, et vous chapons du *Mans* ;
Vous francs *Gascons*, vous *Normands* véridiques,
Flamands légers et *Picards* flegmatiques ;
Et vous sur-tout graves *Parisiens*,
Vous qui buviez la Seine parfumée,
Plus pure encore que votre renommée,
Cerveaux glacés des bords *Languedociens* ;

Froids *Provençaux*, moutons de la *Bretagne*,
Vous qui flûtiez les vins de la *Champagne* ;
Venez, amis, venez boire le thé,
Non de la *Perse* ou de la *Tartarie* ;
Contre le *Spleen* (1) il est sans énergie ;
Buvons, amis, celui de la gaieté,
A votre goût qu'il puisse être apprêté,
C'est-là ma gloire et toute mon envie :
Garde ma main d'y verser l'*Opium*,
Du froid ennui, guérir par le poison
Des charlatans c'est la méthode pire,
Pour une dent que leur davier vous tire,
De la mâchoire il emporte le gond.

VIENS m'inspirer ton aimable délire,
Reine des jeux, mère des graces, viens ;
Frères errants je vous invite à rire !
Rire ! eh de quoi ! de vos maux et des miens.
D'un vrai *Gaulois* voilà bien la démence ;
Vont dire ici les austères censeurs ;
Vit-on jamais pareille extravagance,
Dans le bourbier plongé jusqu'à la panse,
Chanter, Danser et rire dans les pleurs.
Vous êtes fou sans doute ? qui le nie ?

MAIS tout climat n'a-t-il pas sa manie,
L'une grotesque, et l'autre rembrunie,

---

(1) Mot Anglais signifiant mélancolie.

De chaque sol empruntant ses couleurs,
Et puisqu'enfin il n'est ame qui vive,
Qui sur *Bethleem* (1) n'ait son expectative ;
Il est, je crois, plus heureux et plus doux,
D'être fou, gai, qu'atrabilaire fou.

PEUPLE léger, fou jusqu'à l'héroïsme,
Qui sans prêcher l'austère *Zénonisme*,
Sait te jouer jusqu'aux derniers soupirs,
Avec les maux, comme avec les plaisirs.
J'admire ici ta raison, ton courage,
Nos biens, nos maux, nos destins sont en nous,
Le plus content est aussi le plus sage,
Et le plus triste est le plus sot de tous.
Pour écarter l'importune tristesse,
Tout est raison, la folie est sagesse,
La gravité me plaît en action,
Souvent en mots le délire est raison ;
On n'aime point *Caton Sardanapale*.
C'est dans les mœurs qu'on aime la morale,
Muse, paix-là, finisez ce sermon :
Au fait, au fait, votre exorde est trop long.

JE dirai donc pour entrer en matière,
Aux compagnons de ma longue misère,
Mes chers amis, lorsque sur mon grabat,

_____

(1) Maison des fous à Londres.

En conversant avec le peuple Rat,
De nos malheurs je lui fais la peinture ;
De mon esprit singulière tournure,
C'est sous les traits de la caricature :
Je vous vois tous pauvres diables errans,
Et balotés par l'orage et les vents,
Du nord au sud, du couchant à l'aurore,
Traîner vos maux, et pourtant rire encore.
Les uns mangeant chez le peuple *Germain*,
Les choux confits, et les jambons du *Rhin*,
Ceux - ci baisant la main de *Catherine*,
Ceux - là les pieds du grand roi de la *Chine*,
Et d'autres ceux du pontife *Romain*.
Chez l'*Espagnol* l'autre devenu saint,
En bon Chrétien recevant sur l'Échine,
Pour ses péchés vingt coups de discipline,
Et vous Colons des bords *Américains*,
Au *Canada* grelottant par la bise ;
Et vous enfin qui peuplez la *Tamise*,
C'est vous surtout que je veux peindre ici ;
Dans vos *Garrets* (1) entassés par douzaine,
Dans vos *Cook - shops* (2) digérant non sans peine,
Le bon *Roast beef* (3) et le *pouding* farci,
Et maudissant les brouillards et le *Th.* (4)

---

(1) Mot anglais, signifiant *Galetas*.
(2) *Gargotes*.
(3) *Rôti de Bœuf*.
(4) La prononciation du *Th* des anglais est le désespoir des Français.

QUEL changement! et quelle bigarrure!
Pour un rien quelle riche pâture!
Combien de *Paons* aux plumages mouillés!
De Jeans sans terre et de *Rois* dépouillés!
De la fortune incroyables boutades!
Vit-on jamais pareilles mascarades?
Moines, *Nonains*, *Prêtres*, *Prélats*, *Curés*,
Les uns crasseux et les autres poudrés;
Princes, *Marquis*, devenus *Sans-culote*,
Et *Chiens barbets* tripotant dans la crotte,
Libres des soins de la propriété,
Et tous égaux par la mendicité.

QUEL ambigu! quel opéra comique!
Dans ces tableaux de la boîte magique,
Nos grands Seigneurs devenus *Cuisiniers*!
Et *nos Prélats* transformés en *Meûniers*!
Nos Amiraux, nos *Maréchaux* de *France*,
Sont *Matelots* ou *Maréchaux* ferrants?
Monsieur le Comte est un maître de Danse!
Et de ses pieds fait valoir les talens;
Sa chère épouse intrigue à l'ordinaire;
Femme en tout tems sait se tirer d'affaire;
Reine du luxe et des modes jadis,
Sa main légère aux Anglaises *Ladies*
Sait affubler la toque *Musulmane*,
Peigne à la Turque et coëffe à la *Sultane*.

De

De saint *Crespin* les uns sont Chevaliers,
L'un fait des vers et et l'autre des souliers.
Monsieur l'Abbé ci - devant *Grand Vicaire* ,
Sur l'alphabet fait un long commentaire.
L'un aux *Anglais* montre le *Bas - Breton* ,
Le *Limousin* , l'*Auvergnat* , le *Gascon* ,
L'un vend des *mots* et l'autre vend du *son* ,
L'un de l'esprit , l'autre de l'*amidon* ,
L'un reblanchit , l'autre rougit les dames ,
Heureux qui sert les caprises des Femmes ;
Un autre enrôle , organise en entier ,
Des régimens armés sur le papier :
Des légions sous la terre englouties ;
Des corps sans membres et des tous sans parties ,
Mais qui peindra les diverses couleurs ,
De nos esprits inquiets et rêveurs ,
Et tous les plans de nos spéculateurs ?
L'un veut un Roi modeste et pacifique ,
Comme jadis le grand Roi *Soliveau* ;
L'autre un *Colosse* , un *Hydre Monarchique* ;
Tous fabriquant selon leur politique ,
Un nouveau monde , un *Régime nouveau* ,
L'un de l'espoir prenant le *Telescope* ,
Dans l'avenir apperçoit tout en beau ,
L'autre voit tout d'un œil de Misantrope ,
Et pour toujours se déclare à vau-l'eau :
Dans ce conflit d'opinions contraires ,

De jugemens prudens , ou téméraires ;
Mes chers amis , trembleurs , espéranciers ;
Il est un fait, nous sommes Besaciers.

A ce discours, à ce mot de Besace ,
J'en vois plus d'un qui me fait la grimace ;
Hommes charnels élevez vos esprits ,
De vains dehors les auroient - ils surpris ?
Laissez les sots , laissez la populace ,
De tout objet juger par la surface ;
Soyons , soyons philosophes , amis ,
Prenez ici ma lunette d'approche ,
Au fond du sac cherchons la vérité,
Je ne veux point vous vendre chat en poche ;
Dame Besace ou dame pauvreté ,
Car je ferai succéder dans ma glose ,
La chose au signe, et le signe à la chose.

DAME Besace a de la qualité ,
Et sa personne est une antiquité!
Mes chers amis, vous savez l'aventure
Du pauvre *Adam*, et sa déconfiture ;
D'un premier gueux malheureux héritiers ;
Le père Adam nous fit tous *Besaciers* ,
D'un *Émigré* c'est le premier modèle ,
Et de nous tous une image fidelle.]

LE fruit maudit au genre humain fatal ,

Du parc d'*Eden* nous mène à l'hôpital ;
Desir de femme, oh détestable pomme !
Du paradis voyez sortir mon homme,
Le *Chérubin* lui jettant sur le dos,
Ce sac pesant, source de tous les maux :
La faim, la soif, l'importune détresse,
Tous les métiers, tourment de la paresse,
Tous les fléaux ici bas répandus,
Et qui plus est sa femme par dessus.

ENFANS d'*Adam* tel est notre héritage,
Consolons - nous, c'est le commun partage ;
Nous naissons tous, nous mourons Besaciers,
Petits et grands, Monarques et Bergers,
La pauvreté comme l'eau nous inonde,
Et la Besace est la Reine du monde :
Car quel mortel fût - il crossé, mîtré,
Ou sur un trône en Monarque adoré,
Dans des palais brillans d'or et de glace,
Ne porte pas un bout de la Besace.
Dans l'opulence au milieu des plaisirs,
Qui fut jamais sans crainte ou sans desirs ;
Si vous craignez, adieu la jouissance,
Et tout desir suppose l'indigence.
Nous sommes donc mendians plus ou moins,
Et tout mortel est vassal des besoins,
Les uns réels, les autres fantastiques ;
Les uns moraux, et les autres physiques.

Vit - on jamais un homme satisfait ?
Nul n'est heureux, comme nul n'est parfait.
Quoi, direz-vous, ce *Crésus* de la banque
Est-il un gueux ? qu'est-ce donc qui lui manque ?
Le sens commun, voilà sa pauvreté ;
De sa maison le luxe est sans mesure,
Son cerveau n'est qu'une vieille masure,
C'est le palais de la mendicité.

D A M O N se plaint que dans la volupté,
L'ennui le suit au lieu de la gaieté,
Et son voisin se plaint de sa santé :
Tout homme donc est pauvre à sa manière,
L'un court d'argent, l'autre court de visière.
Combien hélas ! combien de pauvres gens
De toute espèce, ainsi que de tous rangs ;
Ainsi chacun loge chez soi le diable,
L'un dans sa bourse et l'autre en son cerveau :
Tout est égal quand tout est misérable,
Et le néant est le parfait niveau.

D E S C A R T E S fut un philosophe habile,
Autant au moins que Newton son pupille,
J'aimerois fort son sistême fameux
Du Plain par tout s'il n'étoit fabuleux ;
Mais quand je fouille à ma poche perfide,
Je cesse hélas ! d'être *Cartesien*,
Je sens trop bien l'existence du *vide*,

Et malgré moi je suis Newtonien ;

COMBIEN de vide hélas dans la nature !
Le grand *Newton* connût bien sa structure ;
Lorsque par tout il y sema le rien ;
Mais supposons chez la race mortelle ,
Une opulence , une grandeur réelle ;
Fortune aveugle , inconstante femele ,
Qui peut fixer ta faveur infidèle ?
A son bonheur qui pourra se fier ?
Aujourd'hui prince et demain Chaudronnier ;
Et des honneur tombant dans le bourbier :

FAUT-IL, amis, vous rappeler l'histoire ,
De ce grand roi tout rayonnant de gloire ,
Dont Babylone admira la splendeur ,
De l'Orient et du monde vainqueur ,
Ne vit-on pas ce monarque superbe ,
Ce conquérant réduit à brouter l'herbe ,
N'a-t-on pas vu dans des tems fabuleux ,
Deux Dieux Maçons manier la Truelle ,
Le bon *Vulcain* précipité des cieux ,
Des Forgerons devenir le modèle
Et des Cocus le patron glorieux ,
Forgeant des fers et d'invisibles nœuds ,
Pour enchaîner son épouse infidèle ,
Et fournissant la comédie aux Dieux.
Ne vit-on pas Ulysse et Télémaque ,

L'un mendiant dans le palais d'*Ytaque*,
Du veil *Irus* emprunter les haillons,
L'autre Berger ou gardant les Dindons,
Et *Darius* buvant dans son ornière,
Et tous les Rois devenir Jeans sans - terre.

MAIS pour trouver la Besace en honneur,
Et dans l'éclat de toute sa splendeur.
Jettons les yeux sur Rome et sur la Grèce,
Séjour des arts comme de la sagesse,
Là nous verrons ces grands législateur,
Princes, Guerriers, Poëtes, Orateurs,
Peintres, Danseurs et Maîtres de musique,
Mourant de faim selon l'usage antique,
Ou proffessant un mépris *Socratique*
Pour les plaisirs, les biens, et les honneurs.

Voyez *Bias* fuyant de sa Patrie,
Livrée en proie à la flamme ennemie,
S'enveloppant de sa philosophie,
(Manteau léger toutefois par la pluye)
Portant gaiement sa fortune sur soi,
Tous mes trésors, dit-il, sont avec moi.
Et ce *Cratés* qui pour devenir libre,
Jetta sa bourse et son or à vau-l'eau,
De la raison s'il perdit l'équilibre,
Ce fut vraiment quoiqu'en dise Boileau,
Par un délire héroïque et nouveau.

Mais contemplons ce fameux *Diogène*,
Ne possédant pour tout bien qu'un Manteau
Criblé de trous et le couvrant à peine,
Et sa lanterne avec son pot - à - l'eau,
L'avant ses choux et grattant son porreau,
Et dans sa main buvant à la fontaine,
On sait comment du fond de sa barrique,
Il vous traita le vainqueur du *Granique* ;
Avec quel ton, quel air de dignité,
De la Basace il soutient la fierté.

E H ! quel plaisir pour tous les pauvres diables,
De voir *Esope* au rang de leurs semblables,
Ce philosophe esclave sans chagrin,
Toujours riant et portant avec grace
Tout - à - la fois la bosse et la Besace,
Et des bossus ennoblissant la race,
Par ses bons mots et son esprit badin.
Voyez encore chez le peuple Romain,
Ces dictateurs conduisant la charrue,
Plantant des pois, arrosant la laitue ;
Cincinatus mangeant ses cornichons,
Et *Dentatus* rissolant ses oignons ;
Et ce héros, ce brave capitaine,
Dernier appui de la grandeur *Romaine*,
Que *Marmontel* a si bien travesti,
En philosophe ennuyeux comme lui ;

Tendant la main disant d'une voix fière,
Faites l'aumône au pauvre Bélizaire.

ET toi Jerson, toi docteur immortel,
Flambeau du temple, et soutien de l'autel,
Toi l'ornement, la gloire de la France,
Fléau du schisme, oracle de Constance;
Quand je te vois enseigner des marmots,
Pour prolonger ta chétive existence,
Cela m'apprend ces deux grands points moraux;
Que pour les gens d'esprit et de mérite,
En l'autre monde il est un meilleur gîte,
Et que ce monde est bâti pour les sots.

SI j'avois pris un essort plus sublime,
Un ton plus grave et plus sentencieux,
J'aurois pu faire encore devant vos yeux,
Passer ici plus d'une autre victime,
De l'indigence et de la pauvreté;
Sur son fumier montré *Job* tourmenté,
Par ses amis et par sa propre femme,
Et lui disant, taisez-vous notre dame,
Laissez-moi vivre en ma simplicité,
J'aurois montré le sénat prophétique,
Et les héros de l'ordre évangélique,
Tous renonçant à la propriété,
Autant qu'au diable et qu'à la vanité,
Et sans bâtons, sans mître ni sans crosse
Du paganisme ébranlant le colosse,

Mais

Mais ces détails seraient trop sérieux ;
Et ces objets sont sacrés à mes yeux.

BESACE fut quelquefois turbulente,
Plus d'un cerveau, plus d'une tête ardente,
Voulut l'étendre à tout le genre humain,
Et transformer le monde en capucin.

PEINDRAI-JE ici les *Bégards*, *des Béguines*,
Les *Flagellans* avec leurs disciplines,
Les *Pastoureaux*, les *Vaudois*, les *Lollards*,
Les *Albigeois* Fanatiques pendars,
Sémant partout le meutre et le carnage,
Coupant les Nez, nivelant les visages,
Pour établir la sainte égalité,
Et propager la noble pauvreté,
Les cheveux gras des bandes *Puritaines*,
Teignant de sang leurs mains Républicaines,
Des Hollandois la cocarde de bois,
Le nom de gueux décorant leur cabale,
Et leur Besace à l'Espagnol fatale.

MAIS quel pinceau tracera les exploits ?
De nos amis les Jacobins Gaulois,
Leurs crins pendans et leurs rouges calottes,
Leurs Pantalons, leurs Sabots, leurs Capottes,
Et leur fierté du nom de sans - Culottes,
Et leur fureur, leur rage pour les lois ;

C

De leur conduite admirez la prudence ;
S'ils ont rasé l'ordre de saint-François,
Ils font porter sa Besace à la France,
Là de l'État ils tiennent leur pitance,
Du bien public chacun a son morceau,
Et ces messieurs partagent le gâteau.

C'EST le dicton de la brochure bleue,
Bien mal acquis ne profite jamais ;
Les voilà donc, après tant de forfaits,
Tirant aussi le diable par la queue ;
Et si leurs mains nous ont fait Besaciers,
Dans leurs filets ils tombent les derniers :
Mais entre nous la chose est différente,
Notre Besace est celle de l'honneur ;
Et leur Besace infâme et dégoûtante,
Fume de sang et regorge d'horreurs.
Apprenons donc, mes frères d'infortune,
A l'estimer et même à la chérir ;
A l'embrasser cette mère commune,
Qui nous fournit de quoi ne point mourir.

CONTENTEMENT fait la seule richesse,
Et les soucis font la seule détresse :
Qui sait borner ses besoins et ses vœux,
Est toujours riche et ne peut être gueux.
Nos estomacs sont d'étroite mesure,
Et peu de chose assouvit la nature ;

Le superflu n'est souvent qu'un fardeau,
De la gaité c'est toujours le tombeau ;
Le nécessaire est le seul désirable ,
Au superflu renonçons comme au *Diable* ;
Que mon voisin le financier *Crassus*
Compte , recompte et pese ses écus,
Mais qu'il me laisse en paix dans ma boutique,
Siffler mes vers en tirant la manique ;
Et dans moi seul trouvant le vrai plaisir,
Narguer les sots qui ne savent jouir.
De notre état tel est donc l'avantage,
De tout fardeau nous sommes soulagés ,
De tous lien nous sommes dégagés ,
Point d'attirail, point de train ni bagage ;
Vrais Pélerins une gourde à la main ,
Et court vétus , dans un leste équipage ,
Du paradis nous faisons le voyage ;
Maître *Satan* sera ma foi bien fin,
S'il nous détrousse au milieu du chemin ,
Et le portier du céleste héritage ,
Dans nos paquets cherchera bien envain.
Le plus léger délit de faux - saunage.
Prestes , légers et libres d'embonpoint ,
Sans écorcher la manche du pourpoint ,
Nous pourrons tous franchir l'étroit passage :
Nous sommes frits et dégraissés à point.

CALCULONS donc toutes nos espérances,
Nos biens présens, toutes nos jouissances,
Entre nous tous plus de distinction;
Amis des lois et de la paix publique,
Mendicité nous a fait République,
Comme *Bias* portant tout avec nous :
Tantôt *Flamans*, tantôt *Topinamboux*,
Au gré des flots et des enfans d'*Éole*,
Dans un instant volant à l'autre pole,
Nous mesurons et le Ciel et la Mer ;
Libres, legers, mobiles comme l'air,
Frères errants et citoyens du monde,
Dans l'*Univers* nous faisons notre ronde;
De chaque peuple étudiant les mœurs,
Et devenus d'importans spectateurs,
Bravant partout les lois et la coutume,
Et dispensés des gênes, du costume,
Privilégiés et francs de tout écot.
Nous défions la griffe financière,
Et les commis le traitant et l'impot,
Peut-on peigner un diable sans crinière ;
Nous sommes donc parfaits indépendans
Entre le ciel et la terre en suspens,
Ne tenant plus à la vile matière,
Pareils au feu qui monte vers sa sphère;
Corps épurés, célestes, transparens,
Et purs esprits en ce bas monde errans
Sans embarras, sans fonctions publique

Sans compte à rendre et sans soins domestiques;
Nous sommes tous rois sur notre fumier,
Michels Morins, Robins de tout métier;
Quel avantage et quel plaisir extrême
D'être son maître et son laquais soi - même?
D'être à la fois son propre Cordonnier,
Barbier, Tailleur, Blanchisseur, Cuisinier,
De réunir enfin dans un seul homme,
Tous les emplois, tous les talens en somme.

Vous me croyez au bout de mon rolet,
Non, mes amis, la besace profonde
Est une mine en richesse féconde,
Je vais traiter le plus beau du sujet :
Voyons d'abord ses qualités physiques,
Son inventeur fut sans doute un savant,
Tailleur fameux de fripes monastiques,
N'y cherchons point de frivole ornement,
L'utilité fait tout son agrément ;
Ce n'est au fond qu'une étoffe grossière
Un sac pardevant, pendant par derrière ;
Mais par la même il est un paravent ;
Je vois au centre une large embouchure
Qui nous entrouve un double réservoir,
Fait tout exprès pour classer la nature
Des divers dons qu'on y peut recevoir.
Que d'attributs ce beau meuble rassemble,
C'est le Grenier, la Cave tout ensemble,

C'est une Armoire , une Caisse , un Manteau,
Un Oreiller pour dormir sous l'ormeau ,
Comme Jacob autrefois sur sa pierre ,
Et le bon Job couché sur sa litière :
Mais admirez ce trait particulier ,
Dans tous les corps que renferme l'espace,
La pésanteur se compte par la masse ,
C'est le contraire ici dans la Besace ,
Le phénomène est vraiment singulier ,
Plus elle est vide et plus le fardeau pèse ,
Plus elle est pleine et plus on est à l'aise :
C'est une source , un jet intermittent ,
Qui tantôt coule et s'épanche en torrent ,
Tantôt s'arrête au moment qu'on l'attend ,
Et n'offre plus qu'une citerne antique ,
Et tout - à - coup par un canal oblique ,
Se reproduit et jaillit à l'instant.

CONSIDÉRONS ses qualité morales ,
A son aspect je vois fuir les scandales ,
J'en vois sortir les vertus cardinales ,
Et les vertus même théologales ;
De tout péché Besace est le tombeau ,
Et de tout bien Besace est le berceau ,
Sous ce fardeau que le ciel nous envoye ,
Le corps s'encrasse et l'ame se n'étoye ;
Que d'orgueilleux à son école intruits ,
En ont appris qu'ils n'étoient que des hommes ,

De débauchés par ses soins convertis,
A l'hôpital devenus économes ;
Que de gloutons devenus tempérans,
De paresseux devenus diligens ;
Nécessité d'industrie est la mere,
Nécessité redresse le boiteux ,
Fait voir l'aveugle et troter le gouteux,
Change la Reine en humble filandière,
Et la marquise en bonne couturière ;
D'un pot fêlé fait un corps vigoureux,
D'un gros richard triste dans l'opulence,
Blazé pour tout, mort à la jouissance,
Fait un maçon satisfait et joyeux,
Et change enfin par sa toute puissance,
Un fripon riche en un honnête gueux.

Tels sont, amis, les fruits de la détresse ;
N'en doutons point, la clef de l'hôpital
Est bien souvent la clef de la sagesse ;
Et des filets du serpent infernal,
Le plus à craindre est l'altière richesse,
Sous son empire on devient animal ;
Les sens flattés ne veulent plus de guide ;
Le corps rebelle est un fougueux cheval,
Qui n'entend plus ni le mors ni la bride ;
Vices, erreurs pullulent à foison,
Et l'appétit engloutit la raison.

LAISSONS, amis la courte politique,
Canoniser le luxe Asiatique;
De l'opulence encenser le veau d'or,
La pauvreté martiale et rustique
A fait fleurir plus d'une République,
Et la Besace en fit le seul trésor;
La pauvreté fit la grandeur de Rome,
Et la richesse éteignit sa splendeur,
Elle effémine et abâtardit l'homme :
Et l'or enfin donne à son possesseur,
Donne aux états sa jaunâtre paleur,
La pauvreté ne voit rien qui l'enchante,
Tous les plaisirs sont pour elle étrangers,
Rien ne l'attache et rien ne l'épouvante ;
La faim, la soif l'aguérit aux dangers,
Pour un crésus la mort est un supplice ;
Le mendiant, sans que son cœur frémisse,
Passe aisément de la hutte au tombeau,
Change son sac en funèbre lambeau ;
De nos Français c'est ce qui fit l'audace,
Tous leurs exploits sont dus à la besace,
Elle en fait un peuple tout nouveau.
Eh ! nous, amis, immorteles victimes
D'un dévouement auguste et vertueux,
Illustres gueux, mendians magnanimes,
Nous sommes tous sans culotte comme eux,
Avec orgueil portons notre mandille,

L'honneur

L'honneur la pare et fait d'une guenille
Un vêtement superbe et glorieux.

Si parmi nous des cœurs moins généreux,
N'ont point atteint ces sentimens sublimes,
Pour consoler ces cœurs pusillanimes,
Je leur dirai, mes confrères peureux,
Quand la besace avec un air affreux,
Vient vous offrir un aspect qui vous glace,
Faites-lui faire à l'instant volte-face.
Pour établir un équilibre heureux,
Pour alléger ce poids qui vous assomme ;
Le ciel se lasse et châtie à regret,
Et Lucifer, tout Lucifer qu'il est,
N'est pas toujours aux trousses d'un pauvre homme :
Telle est, hélas ! notre fragilité,
Dame besace est sans doute fort belle,
Mais tout nous lasse et même la beauté,
Mainte amitié, mainte société,
Avec le tems se termine en querelle,
Rien ne plaît tant que la variété ;
Espérons donc que dame pauvreté
Ne sera point notre mère éternelle,
Que nous serons un jour en liberté,
Emancipés de sa longue tutelle,
Et raccrochés à la propriété,
Après la pluie un air pur et tranquille,

D

Ramène un jour plus charmant et plus doux ;
Espérons donc , c'est un besoin pour nous ,
Que quelque coin de la Gaule fertile ,
Que l'Univers , après tant de fléaux ,
Nous offrira quelque part un asyle
Pour y sécher et reposer nos os.

En attendant que la paix fraternelle ,
Que l'amitié caressante et fidelle ,
Tempère un peu la coupe de nos maux ,
Et que chacun , dans cette pénurie ,
Faisant valoir tous ses fonds d'industrie ,
Cherche à tirer son épingle du jeu ;
De la besace achevons la carrière ,
Et galamment recevant l'étrivière ,
Sans balancer d'une marche légère ,
Passons , amis , sur des charbons de feu ;
Chassons sur-tout les rêves et le délire ,
Du sombre ennui pernicieux enfans ,
Et s'il le faut , chatouillons -nous pour rire ;
D'un ton léger narguons l'adversité ,
Qu'on nous approuve ou bien que l'on nous blâme ,
Soyons Français jusqu'au fond de l'ame ;
Comme un trésor conservons la gaieté ,
Don précieux de la bonté céleste
C'est aujourd'hui le seul bien qui nous reste ;
Avec noblesse enfin sachons souffrir ,
Rougir de ceux que nos maux font rougir ,

Sans nous fâcher des lourdes apostrophes,
De maint goujats, des mépris de maint fous,
Pour leurs péchés souhaitons-leur nos poux,
Et moquons nous en parfaits philosophes
De tous les sots qui se moquent de nous.

SACHONS connaître enfin nos avantages :
Que manque-t-il, amis, à nos souhaits ?
Les élémens, nos très-humbles valets,
Ne sont-ils pas soumis à nos usages ?
L'eau nous fournit le plus sain des breuvages,
Pour pavillon n'avons-nous pas les cieux ?
L'air nous nourrit, le feu du ciel nous chauffe
Comme jadis le fameux philosophe :
La terre entière est offerte à nos yeux,
Nous jouissons par le sens de la vue,
Quant au toucher, c'est chose défendue,
Soyons contens et nous sommes heureux.

FIN.

De l'Imprimerie Expéditive, rue St.-Benoit, faubourg Germain,
N°. 21.

www.ingramcontent.com/pod-product-compliance
Lightning Source LLC
Chambersburg PA
CBHW061634180626
46818CB00005B/2373